늙도록 자식이 없던 부부가 구렁이 아들을 낳았어요.
그런데 구렁이가 장가를 가고 싶어 하네요.
과연 어떤 색시가 시집을 올까요?

추천 감수_ 서대석
서울대학교와 동 대학원에서 구비문학을 전공하고 문학박사 학위를 받았습니다. 한국 구비문학회 회장과 한국고전문학회 회장을 지냈으며, 1984년부터 지금까지 서울대학교 인문대학 국어국문학과 교수로 재직 중입니다. 〈한국구비문학대계〉 1-2, 2-2, 2-6, 2-7, 4-3 등 5권을 펴냈으며, 쓴 책으로 〈구비문학 개설〉, 〈전통 구비문학과 근대 공연 예술〉, 〈한국의 신화〉, 〈군담소설의 구조와 배경〉 등이 있습니다.

추천 감수_ 임치균
서울대학교 대학원에서 고전소설 연구로 문학박사 학위를 받고 현재 한국학중앙연구원 한국학대학원 어문예술계열 교수로 재직 중입니다. 한국학중앙연구원에서 문헌과 해석 운영위원으로 활동하고 있으며, 고전소설의 대중화 방안을 연구하여 일반인들에게 널리 알리는 일에 앞장서고 있습니다. 쓴 책으로 〈조선조 대장편소설 연구〉, 〈한국 고전 소설의 세계〉(공저), 〈검은 바람〉 등이 있습니다.

추천 감수_ 김기형
고려대학교와 동 대학원에서 구비문학을 전공하고 문학박사 학위를 받았습니다. 현재 고려대학교 문과대학 국어국문학과 부교수로 판소리를 비롯한 우리 문학을 계승 발전 시키기 위해 노력하고 있습니다. 쓴 책으로 〈적벽가 연구〉, 〈수궁가 연구〉, 〈강도근 5가 전집〉, 〈한국의 판소리 문화〉, 〈한국 구비문학의 이해〉(공저) 등이 있습니다.

추천 감수_ 김병규
대구교육대학을 졸업하고 한국일보 신춘문예에 동화가, 중앙일보 신춘문예에 희곡이 당선되면서 작품 활동을 시작했습니다. 대한민국문학상, 소천아동문학상, 해강아동문 학상 등을 수상했으며, 현재 소년한국일보 편집국장으로 재직 중입니다. 쓴 책으로 〈나무는 왜 겨울에 옷을 벗는가〉, 〈푸렁별에서 온 손님〉, 〈그림 속의 파란 단추〉 등이 있습니다.

추천 감수_ 배익천
경북 영양에서 태어났습니다. 1974년 한국일보 신춘문예에 동화가 당선되었고, 〈마음을 찍는 발자국〉, 〈눈사람의 휘파람〉, 〈냉이꽃〉, 〈은빛 날개의 가슴〉 등의 동화집을 펴냈습니다. 한국아동문학상, 대한민국문학상, 세종아동문학상 등을 받았으며, 현재 부산 MBC에서 발행하는 〈어린이문예〉 편집주간으로 일하고 있습니다.

글_ 임선아
대전에서 태어나 어릴 때 들로 산으로 뛰어다니며 노는 것을 좋아했습니다. 2005년 조선일보 신춘문예에 동화가 당선되면서 문단에 나왔으며, 현재 어린이들을 위한 글을 쓰고 있습니다. 쓴 책으로 〈난 늑대 싫어!〉, 〈민지가 웃던 날〉 등이 있습니다.

그림_ 이모니카
추계예술대학교에서 동양화를 공부했습니다. 여러 차례 개인전과 그룹전을 개최하였으며, 현재 프리랜스 일러스트레이터로 어린이 책에 그림을 그리고 있습니다. 그린 책으로 〈삐아제 그림 동화집〉 등이 있습니다.

소년한국
우수어린이
도서수상

〈말랑말랑 우리전래동화〉는 소년한국일보사가 국내 최고의 도서 제품을 선정하여 주는 **우수어린이 도서**를 여러 출판 사의 많은 후보작과의 치열한 경쟁을 뚫고 수상하였습니다.

말랑말랑 우리전래동화

㉗ 모험과 도전
구렁덩덩 새 선비

발 행 인 박희철
발 행 처 한국헤밍웨이
출판등록 제406-2013-000056호
주　　소 경기도 성남시 분당구 금곡동 444-148
대표전화 031-715-7722
팩　　스 031-786-1100
편　　집 이영혜, 이승희, 최부옥, 김지균, 송정호
디 자 인 조수진, 우지영, 성지현, 선우소연
사진제공 이미지클릭, 연합포토, 중앙포토

△ 주의 : 본 교재를 던지거나 떨어뜨리면 다칠 우려가 있으니 주의하십시오.
　　　　고온 다습한 장소나 직사광선이 닿는 장소에는 보관을 피해 주십시오.

구렁덩덩 새 선비

글 임선아 그림 이모니카

한국헤밍웨이

옛날 옛적 자식 없이 외롭게 사는 부부가 있었어.
날이면 날마다 아이 하나만 갖게 해 달라고 빌었지.
"못나도 좋고, 모자라도 좋아요.
죽기 전에 자식 하나만 낳게 해 주세요."
정성이 하늘에 닿았는지 참말로 아기가 생겼어.
그런데 낳고 보니 사람이 아니라 구렁이지 뭐야.
"구렁이면 어떠냐. 하나밖에 없는 귀한 자식인데."
부부는 정성스럽게 구렁이를 키웠어.

어느 날 이웃에 사는 부잣집 딸 셋이 아기를 보러 왔어.
"할머니, 귀여운 갓난아기 얼굴 한번 보여 주세요."
할머니가 슬그머니 이불을 들추니까
구렁이 한 마리가 *똬리를 틀고 노려보는 거야.
첫째와 둘째는 '으악!' 하고 뒤로 물러섰지.
그런데 셋째 딸은 구렁이를 살살 쓰다듬으며 웃어.
"어여쁜 구렁덩덩 새 아기님이네요."

*똬리 : 둥글게 빙빙 틀어 놓은 모양을 말해요.

9

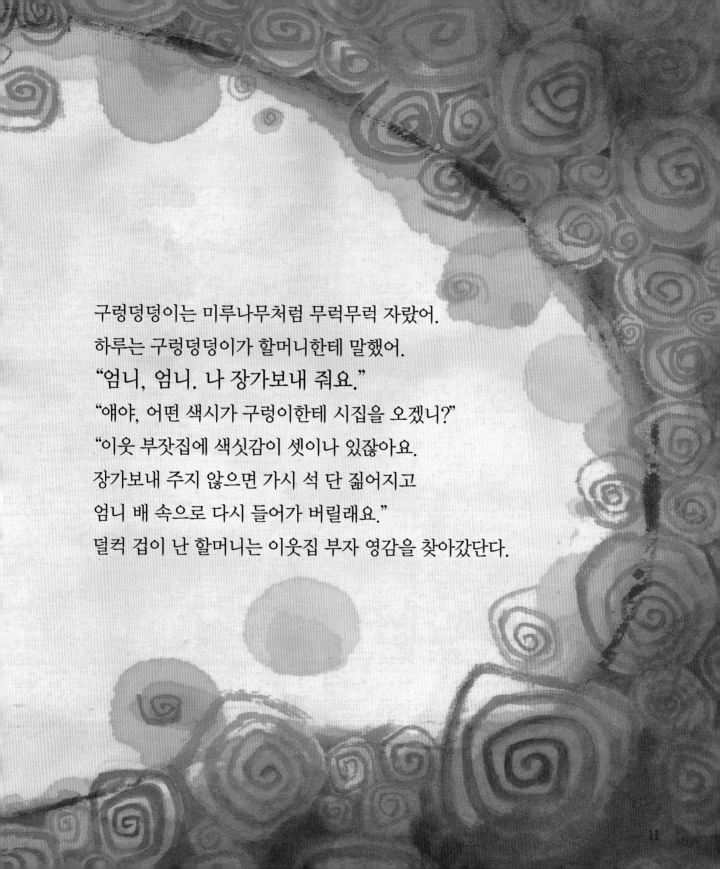

구렁덩덩이는 미루나무처럼 무럭무럭 자랐어.
하루는 구렁덩덩이가 할머니한테 말했어.
"엄니, 엄니. 나 장가보내 줘요."
"애야, 어떤 색시가 구렁이한테 시집을 오겠니?"
"이웃 부잣집에 색싯감이 셋이나 있잖아요.
장가보내 주지 않으면 가시 석 단 짊어지고
엄니 배 속으로 다시 들어가 버릴래요."
덜컥 겁이 난 할머니는 이웃집 부자 영감을 찾아갔단다.

딱한 사정을 들은 부자 영감은 딸들을 불러다 물었어.
"혹시 구렁덩덩이에게 시집가고 싶은 사람이 있느냐?"
첫째 딸은 무슨 말씀, 고개를 설레설레 흔들었어.
둘째 딸도 안 될 말씀, 고개를 절레절레 저었어.
"마음씨만 착하면 되지 구렁이면 어때요."
뜻밖에 셋째 딸은 구렁덩덩이가 마음에 드나 봐.

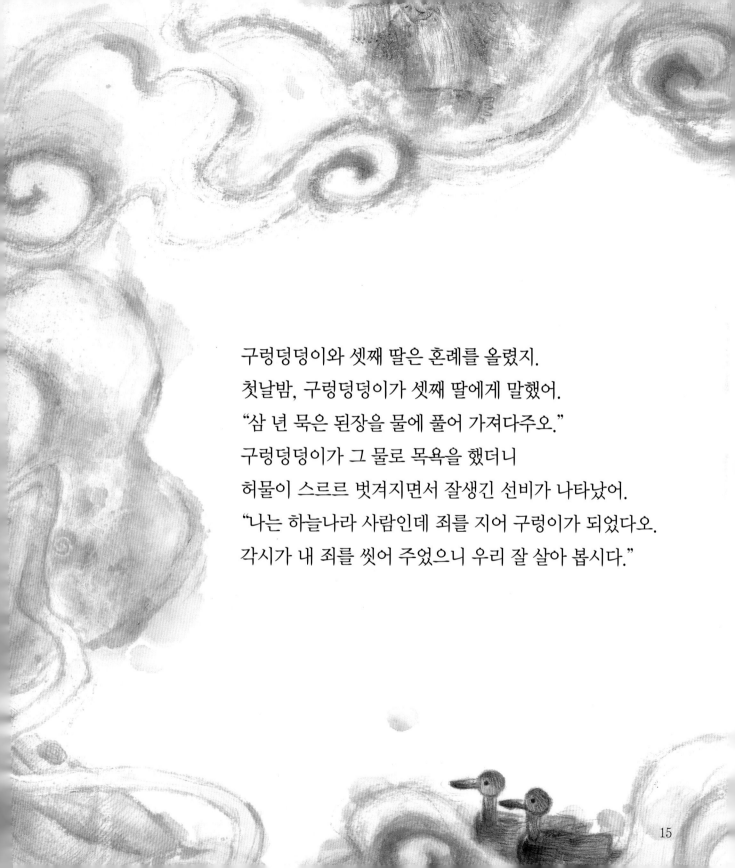

구렁덩덩이와 셋째 딸은 혼례를 올렸지.
첫날밤, 구렁덩덩이가 셋째 딸에게 말했어.
"삼 년 묵은 된장을 물에 풀어 가져다주오."
구렁덩덩이가 그 물로 목욕을 했더니
허물이 스르르 벗겨지면서 잘생긴 선비가 나타났어.
"나는 하늘나라 사람인데 죄를 지어 구렁이가 되었다오.
각시가 내 죄를 씻어 주었으니 우리 잘 살아 봅시다."

구렁덩덩이가 번듯한 선비로 변한 걸 보고
언니들은 샘이 나서 견딜 수가 없었어.
"이럴 줄 알았으면 내가 시집을 갈걸!"
어느 날, 구렁덩덩 새 선비가 과거를 보러 떠나게 되었어.
새 선비는 각시에게 구렁이 허물을 건네주었지.
"허물이 없어지면 나는 집으로 돌아오지 못해요."
셋째 딸은 허물을 깊은 곳에 잘 감추어 두었어.

그런데 심술스러운 언니들이 그 말을 엿듣고
몰래 허물을 훔쳐 화르르 불에 태워 버렸지.
허물이 없어진 줄도 모르는 셋째 딸은 이제나저제나
구렁덩덩 새 선비가 돌아오기만을 기다렸단다.

구렁덩덩 새 선비는 오래도록 소식이 없었어.
"*서방님께 무슨 일이 생겼나?"
셋째 딸은 기다리다 못해 새 선비를 찾아 나섰어.
몇 날 며칠을 걷고 또 걷느라
짚신이 다 떨어져 맨발이나 마찬가지가 되었지.

*서방님 : 남편을 높여 부르는 말이에요.

한참을 가다 보니 까치들이 한곳에 모여
깍깍 울어 대고 있는 거야.
"까치야, 까치야. 구렁덩덩 새 선비를 못 보았니?"
"벌레 서 말 잡아다가 씻어 주면 얘기하지. 깍깍."
셋째 딸은 벌레를 잔뜩 잡아 깨끗이 씻어 주었어.
까치들이 벌레를 쪼아 먹으며 떠들었지.
"고개 너머 깍깍, 고개 너머 깍깍."

고개를 넘어가니, 냇가에서 아낙네가 빨래를 하고 있었어.
"아주머니, 혹시 구렁덩덩 새 선비가 지나갔나요?"
"검은 빨래 희게 빨고, 흰 빨래 검게 빨아 주면 말하지."

셋째 딸은 검은 빨래가 하얗게 되도록 잘박잘박,
흰 빨래가 검어지도록 철벅철벅 빨래를 해 주었지.
아낙네가 너른 들판을 가리키며 일러 주었어.
"저 들판을 가로질러 가는 것을 보았지."

들판을 지나 또 한참을 가니
논두렁에 앉아 있는 할아버지가 보였어.
"할아버지, 구렁덩덩 새 선비를 못 보셨어요?"
"못줄 잡아 줄줄이 모를 내어 주면 대답하지."
셋째 딸은 *씨억씨억 모를 다 심어 주었어.
할아버지가 손을 들어 강 건너를 가리켰지.

*씨억씨억 : 성질이 굳세고 활발한 모양을 말해요.

27

셋째 딸은 강을 건너 어느 마을에 다다랐어.
논 가운데에서 한 아이가
참새를 쫓으며 노래를 불렀어.

위 골 새는 위로 가고
아래 골 새는 아래로 가라.
못다 먹고 못 간 새야
구렁덩덩 새 선비 집에 가서 얻어먹어라.

셋째 딸은 귀가 번쩍 뜨였어.
아이에게 은가락지를 빼 주고
새 선비가 사는 집을 알아냈지.

셋째 딸은 그 집을 찾아가 하룻밤만 재워 달라고 했어.
집 안을 이리저리 둘러봐도 새 선비는 보이지 않았지.
셋째 딸은 휘영청 보름달을 쳐다보며 노래를 불렀어.

달도 밝네, 달도 밝아.
저기 저 달님은 한 눈으로 우리 님을 보련만
나는 어찌 두 눈으로 우리 님을 못 볼까.

구렁덩덩 새 선비가 노랫소리를 듣고는
깜짝 놀라 버선발로 달려 나왔어.

셋째 딸과 구렁덩덩 새 선비는 두 손을 꼭 잡았어.
"나를 찾아 그 먼 길을 와 주었구려.
내가 싫어 허물을 태워 버린 줄 알았소."
셋째 딸은 두 눈에 눈물이 그렁그렁 고였어.
"제가 못나 허물을 잘 간직하지 못했어요."
"우리 다시는 헤어지지 맙시다."
셋째 딸과 구렁덩덩 새 선비는
아들딸 많이 낳고 오래오래 행복하게 살았대.

구렁덩덩 새 선비 작품해설

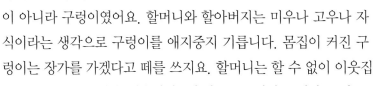

〈구렁덩덩 새 선비〉는 변신과 모험, 내기 등 갖가지 신비롭고 흥미로운 요소들이 가득한 옛이야기입니다. 옛이야기로는 드물게 여자 주인공이 거친 모험을 하지요. 바깥출입조차 자유롭지 못했던 예전 여성들에게 주인공이 자신의 운명을 개척해 나가는 모습은 큰 즐거움이 되었을 거예요.

자식도 없이 외롭게 지내던 할머니와 할아버지가 아기를 낳았는데, 글쎄 사람이 아니라 구렁이였어요. 할머니와 할아버지는 미우나 고우나 자식이라는 생각으로 구렁이를 애지중지 기릅니다. 몸집이 커진 구렁이는 장가를 가겠다고 떼를 쓰지요. 할머니는 할 수 없이 이웃집 부자 영감에게 부탁을 했습니다. 세 딸 중 두 언니는 싫다고 했고, 마음씨 고운 셋째 딸이 혼인을 허락했어요.

사실 이 구렁이는 하늘나라 사람인데 죄를 지어 구렁이가 되었던 거예요. 혼인을 한 구렁이는 허물을 벗고 옥처럼 반듯한 선비로 변했지요.

하루는 구렁덩덩 새 선비가 과거를 보러 먼 길을 떠나며 허물을 셋째 딸에게 맡깁니다. 허물이 없어지면 다시는 돌아오지 못하니 잘 가지고 있으라고 당부했지요. 이 사실을 알게 된 두 언니는 동생 몰래 구렁덩덩 새 선비의 허물을 태워 버려요. 구렁덩덩 새 선비가 돌아오지 않자 셋째 딸은 선비를 찾아 나섭니다.

셋째 딸은 까치와 아낙네, 할아버지가 시킨 일까지 모두 해 주고 나서야 간신히 구렁덩덩 새 선비가 있는 곳을 알게 되지요. 셋째 딸은 마침내 구렁덩덩 새 선비를 다시 만나 오랫동안 행복하게 잘 산답니다.

〈구렁덩덩 새 선비〉의 주인공인 셋째 딸은 단순히 겉모습을 보고 판단하기보다는 내면을 더 중요하게 생각했습니다. 그리고 구렁덩덩 새 선비가 돌아오지 않자, 좌절하기보다는 적극적으로 찾아 나서지요. 온갖 고난 속에서도 포기하지 않는 끈기와 강한 정신력을 지닌 셋째 딸의 모습을 보며 살아가는 데 필요한 자세와 마음가짐을 배울 수 있습니다.

꼭 알아야 할 작품 속 우리 문화

구렁이

구렁이는 독이 없는 커다란 뱀이에요. 옛날 사람들은 구렁이나 뱀이 둔갑을 할 수 있다고 믿었어요. 어떤 마을에서는 구렁이를 수호신처럼 여겨 제사를 지내기도 했지요. 또 욕심 많은 사람이 하늘의 벌을 받아 구렁이로 변했다고도 생각했어요. 그래서 구렁이를 못된 존재로 여기며 두려워하기도 했지요.

가락지

가락지는 반지 두 개를 한꺼번에 끼는 것을 말해요. 보통 반지와 달리 가락지는 결혼한 여자만 낄 수 있었지요. 옛날 사람들은 금이나 은으로 된 가락지보다 옥이나 호박 같은 선명한 색깔을 가진 굵은 가락지를 좋아했어요. 색깔이 있는 옥이나 호박 가락지를 끼면 오랫동안 건강하게 살 수 있다고 믿었기 때문이에요.

된장

우리 조상들은 삼국 시대 전부터 된장과 간장을 담가 먹었다고 해요. 오랫동안 묵혔다가 먹는 된장은 삶은 콩에다 소금물을 부어 만들고, 금방 먹을 된장은 간장 물을 부어 만들지요. 된장은 비린내를 없애 주고, 맛을 담백하고 깔끔하게 만들어 주기 때문에 아주 중요한 음식 재료랍니다.

조상의 지혜를 배우는 속담 여행

<구렁덩덩 새 선비>에서 할아버지와 할머니의 자식은 징그러운 구렁이였어요. 하지만 할아버지와 할머니에겐 그 구렁이조차 예쁘고 귀여운 자식일 뿐이었지요. 여기에서 배울 수 있는 속담을 알아보아요.

고슴도치도 제 새끼는 함함하다고 한다

털이 바늘같이 꼿꼿한 고슴도치지만 제 새끼의 털은 부드러운 줄 안다는 뜻으로, 부모님 눈에는 제 자식이 다 잘나고 귀여워 보인다는 말이에요.

전래 동화로 미리 배우는 **교과서**

첫째 딸, 둘째 딸처럼 여러분도 친구를 겉모습만 보고 판단한 적이 있나요? 왜 그래서는 안 되는지 곰곰 생각해 보세요.

구렁덩덩 새 선비는 과거를 보러 가면서 셋째 딸에게 허물을 잘 간직하라고 했어요. 그 이유는 무엇일까요?

셋째 딸은 구렁덩덩 새 선비를 찾아 길을 가는 도중에 까치, 아낙네, 할아버지를 만나요. 까치, 아낙네, 할아버지가 길을 가르쳐 주는 대신 셋째 딸에게 무엇을 해 달라고 했는지 이야기해 보세요.

도덕 5학년 7. 참된 아름다움 128~133쪽